歩道叢書

# 屋上

田丸英敏歌集

現代短歌社

# 目次

# 屋上

平成六年

## 潮の香

台風の近づく風の強まりて窓を開くれば潮の香のする

対岸の沖に延びゆく埋立地のなだりに早も緑の見ゆる

飛行機の音の絶えゐる時ありて虫の音満つる埋立地ゆけば

空と海の境わからぬ暗闇より赤き灯点す船の近づく

霧低く籠りゐるなか昇る日が海にうつりて紅《くれなゐ》の濃し

今発ちし飛行機のうへやすやすと川鵜のむれは連なりてゆく

秋雨

秋雨の降るべくなりて仕事場の傍の土に苔の生え来る

騒がしく群れゐる鴉暮れ早き皇居の上をほしいまま飛ぶ

雨音に休日の朝目覚めしが心憩ひてふたたび眠る

アンケートに答へしゆゑに執拗に住宅会社の人の訪ひ来る

年内の畳工事の注文の少なくをれば石蕗の咲く

葬送に逢へばおのづと親指を隠してゐたり親亡き今も

平成七年

震災

つぎつぎと画面に死者の名の映る皆この朝まで暮し居し人

震災の瓦礫より出しし旋盤に人は素手にてグリース塗れり

長々と夜更け電話をする娘われには見せぬ笑顔に話す

空室の多きアパート鉄柵に蔓からみつつむかご実れる

問屋より藁畳床《わらたたみどこ》届き来て店先にしばし雀寄りくる

畳縫ふ機械のコード巻きゆけば夜の寒気に固くこはばる

冬晴の寺山ゆけば海に向く家々の屋根片側光る

## 薔薇

師の庭の木々大胆に切られをりすべてに薔薇を優先として

夕立のたちまち止みし仕事場に湿りて熱き風の入り来る

さくさくと藁床を切る音のして刃の入りのよし梅雨晴れたれば

旅にある心のごとく昼寝より覚めてふたたび更畳縫ふ

ひと工程終へては汗を拭ひつつ夏空のもと畳縫ひをり

## 夏の日

朝より夏の日のさす仕事場に藺草と黴《かび》の匂籠れる

後継者すくなきゆゑに畳屋の死亡すなはち廃業となる

持運び軽きがゆゑにこの頃は化学畳にわれこだはらず

畳表縫ひつつ落す待針のふれ合ふ音す舗道の上に

夏の日のかげりてゆける仕事場に畳寸法の割付はじむ

## 三和土《たたき》

客に従き日盛りの道来し犬がわが畳縫ふ三和土に伏せる

台風の過ぎたる朝をさかひとし畳針持つ指の乾ける

多摩川の遠き花火が家々の上にて風にゆがみてあがる

おほどかに見えゐし公孫樹切られゆく一日仕事場に落ち着き難し

平成八年

除夜の鐘

底ごもる街音のうへ近隣の除夜の鐘の音こもごもわたる

屋上に初日を待てば常のごと街空の上鵜の群わたる

建て替へて三階となるわが家より雪被きたる富士眺めをり

新年に畳屋集ふ祭壇は古事記によりて鱈を供へり

## 化学畳

化学畳ひと日作れば乾きたる仕事場の窓に塵の附着す

敷込みし畳の斑《むら》を直しゆく踏み均しゐる足袋のつめたく

隣家の警官たりし住人が高圧的な挨拶をせり

ゆふぐれて高層ビルの赤き灯が明滅はじむ鼓動のごとく

駅前の喫茶店に妻と寄りしかど会話なきまま早くに出づる

## 春彼岸

春彼岸すぎて畳縫ふ仕事場に朝の日ざしの移ろひて射す

散りゆける枝垂桜の花びらはおのづと樹影の範囲を出でず

夕ひかりいまだ明るき寺庭に通夜はじまりぬ定刻として

晴れぬまま夕べとなれる寺庭に枝垂桜は紅《くれなゐ》を増す

答案を返してもらふ心地して大広間に新畳納む

## 紋縁《もんべり》

法隆寺の紋縁の柄合はぬことと畳屋として恥づかしくをり

騒がしき学生の群れ遣り過ごし薬師如来に手を合はせたり

開山忌迎ふる寺に朝より若き僧侶は仏具をみがく

参道もめぐりの塀も白くして法隆寺界隈眩しく歩く

美しき弥勒菩薩を拝観すおのづと我も正坐となりて

つらなれる吉野の山の稜線は夕べかすみて軟らかく見ゆ

吉野杉の暗く茂れる山の辺に著莪の花群浮くごとく咲く

石段につもる竹の葉音もなく踏みて青岸渡寺に登りぬ

谷へだて再び見ゆる那智の滝激しさのなし霞かかりて

雨晴れて御社に沿ひ帰るとき椎の匂にしばらくむせぶ

干潟

谷津干潟に潮の入り来て水脈筋を鯔の子あまた光りてのぼる

夏の日にさながら乾く干潟にはあをさ色濃く広がりてをり

満潮の勢ひ干潟に流れゆく水路にあまた海月の見ゆる

運河にて釣する人を見てをれば抵抗もなく鯊の釣らるる

## 遠き光

着陸の態勢に入る飛行機の遠き光はとどまるごとし

全室の灯る如くに高層のビル夕光を長くとどむる

一年のあひだに高きビル建ちて神宮の花火見えずなりたり

打上花火の名残のごとく対岸の品川の空しばらく映ゆる

運動会始まる花火紅葉のまぶしき山にながく谺す

台風

台風の去りて西よりおもむろに晴れ広ごりて富士現るる

台風の名残の強き西風に濡れし屋並のたちまち乾く

台風の過ぎたる空をおしなべて北に向ひて秋茜ゆく

台風によりて倒れし公園の樹木おほかた幹に洞もつ

## 朝の仕事場

ストーブを付くれば朝の仕事場にしばらく埃の焼くる匂す

暖房の熱気残れる休日の役所に畳汗して敷けり

家族との食事を終へて談笑の席より一人夜業にもどる

続きたる夜業に身体重くして布団に沈むごとく眠りぬ

休むこと無ければ曜日の自覚なく不燃のごみを出し忘れをり

## 菊花展

たえまなく感嘆の声きこえくる葦簀《よしず》の内の菊花展より

夜業する身に忙しなき若者の番組となりラジオを消しぬ

畳縫ふ機械の音を近隣に気兼ねしてをり日曜今日は

海のなか杭打つ音の高くして間遠きその音天より聞こゆ

仕事のためわが購ひしパソコンをやすやす操作し娘の遊ぶ

平成九年

製畳機

コンピューター制御によりて手仕事よりきれいに畳を仕上ぐる寂し

かがまりて忙しく縫へる畳職かかる姿も亡びてゆくか

三十年使用する道具大型の製畳機により不用となりぬ

大型の機械を据ゑて父よりの畳屋もはや工場とならん

畳縫ふ機械にいまだ馴れざれば会話なくラジオ付けず仕事す

## 飴色の畳

飴色の畳を替ふるこの家の夫婦もわれも七年古りて

畳表織る家多きこの町の路地も家居も染土《せんど》に汚る

楠の木の茂れる下にわが躰浄化されゆくごとくに憩ふ

都市近きこと思はせて機上よりまづいくつかのゴルフ場見ゆ

温かき日の差す店に仕上げ置く青き畳に蜂のまつはる

## 野良猫

野良猫に餌を与ふる人々が夜毎公園の灯の下にをり

島ゆゑに御霊は海に帰るらし狭き浜辺に笹置かれゐる

夕暮の海に航跡曳かずして浚渫船が重々帰る

眼下のホテルのプールに月光の及びて水は軟らかく見ゆ

スナックの扉あくとき騒がしき音伴ひて人ら出でゆく

京浜運河

船ゆきて波逆巻けばしばらくは京浜運河に泥の匂す

高音のかするる声の妻に似る娘の歌が二階にきこゆ

機械にて仕上げてゆけば当然に畳屋の手の油に汚る

仕事場のかたへに咲ける石蕗に羽音の弱く蜂のめぐれる

今年また木枯吹きて隣家の梧桐の葉の路に溜れり

平成十年

## 潤滑油

正月の休みあくれば製畳機の下潤滑油の滴りたまる

畳縫ふ機械使ひし一年に体重三キロ太れる哀れ

冬の夜の空気旱きて畳縁を返せる爪のことごとく欠く

地震ありて壁にかかれるいくつもの畳の定木異なりて鳴る

冬の雲支ふるごとく早々に高層ビルに灯りの点る

冬の日の弱くさし入る仕事場に蜂が飛びゐるよりどころなく

不忍の蓮

不忍の蓮ことごとく冬枯れて池のめぐりのビルの灯に見ゆ

騒がしく人の往き交ふ梅園を出でて帰り路ふたたび寒し

海棠も椿の花もおしなべて月の光に色白く照る

御寺への道は石灰の山にして行き交ふ車白く汚るる

浮雲のよぎりゆくとき東京タワーの灯に照らされて火焔のごとし

宮島

潮ひきて海より見ゆる宮島は海藻光る芝生《お》ふるごと

昨日より雨ふりしかば参道を付きくる鹿の飢ゑし目にあふ

参拝者すくなくなりし暮がたに神官ひとり笛をさらへる

参道に灯の点るころ速やかに鳥居めぐりて潮の満ちくる

満潮となりて鳥居のくきやかに水に映るは近寄るごとし

宮島に詣でてをれば海へだて競艇の音遠くきこえ来

宮島の鳥居のめぐり潮退きて修学旅行の生徒ら遊ぶ

尾道

くもりたる空にひびきて対岸の造船所より鉄を打つ音

むくろじの大樹のもとに売りてゐる萩の器にその花の散る

倉敷の祭礼に群るる人のなか山車のひとつが慎ましく行く

やはらかく白詰草の花おほふ礎石に汗のひくまで憩ふ

機銃のごとき

金槌を使ふことなく釘を打つ機銃のごとき音の気ぜはし

杖つきて散歩する老がいつよりかわが仕事するかたへに憩ふ

鰥夫なる家の畳を張替ふる御茶する時も会話のなくて

マンションに陰をつくるを疎まれてけやき大樹の枝切られたり

離陸せし低き機影が埋立地の水辺の暑さ圧すごとく過ぐ

## 怠惰

亡き父は怠惰とみんか冷房を効かせ機械に畳縫ふさま

冷房に慣れがたきまま畳縫ふ指先かわき目の渇くまで

むし暑きひと日の夕べ霧水の乾かぬままに畳を納む

朝より雨の香こもる仕事場に畳針研ぐ時を消すため

筍

ここに父が店を構へて七十年東横線の引ける翌年

高きビルめぐりに見ゆるわが土地もかつては筍の産地なりしと

首都高速ゆけば消費者金融の広告の灯のことさら卑し

けふの日もひと日曇りて点りゆく高層ビルの灯のやはらかし

音もなく降り出でし雨道をゆく車の音の粘りをもてる

棟上

隣より棟上をする槌音と木材の香が日すがらとどく

古書店の同じ書棚に目を注ぐ隣の人に親しみ覚ゆ

月光も昼の暑さを思はせて駅よりの路汗して帰る

夜の更け街のはたてに見ゆるもの航空障害灯の寂しきひかり

騒がしき光の中より発ちし機が藍色深き月の夜を行く

先陣

わが家よりビル建設のクレーン見ゆ視界さまたぐる先陣として

時として屋上に見れば夕空に工事中のビルは黒く階増す

屋上に茂れる糸瓜の広き葉の月の光に乾ぶるごとし

唐突に闇のひろがる思ひにて高架ホームの遠き灯の消ゆ

砂見ゆるまでおもむろに潮ひきて鰺刺の群来る頃となる

## 平成十一年

### 旧き家

旧き家に畳納めし翌日の仕事場しばし泥の匂す

公園の高きに風の渡るとき篠懸の葉の騒がしく落つ

隣家の二階にのびる蔓ばらの珠実あらはに乾涸びてをり

仕事せぬ日曜ひと日肩の張るこの寂しさよ人に言ふなく

かわきたる街につかの間雨ありて埃の匂ふ道を帰り来

## 炙

夕映に炙られしごとおもむろに飛行機雲が西空に見ゆ

壊さるる過程の見えずひと月にて五階のビルは視界より消ゆ

一羽づつ夕べの光絶つごとく川に遊べる鴨帰りゆく

丈高く黄に枯れ枯れし葦原を過りて寒き川口に出づ

土手のうへ風に飛びゆく荒草の種おほかたは多摩川に落つ

サッカーの試合終了の笛ののち河川敷より子等の声なし

## 友の死

天窓より豆腐造れる湯気と共に君の明るき声を聞きたり

寺庭の梅咲きたれど葬送に集へる人ら見るとしもなし

病院に順番待てば床も壁も色の明るしまぶしきまでに

暖かき日頃となりて並木なる桜の木肌白く輝く

川埋めて暗渠となりしこの道に鶺鴒あそぶ旧知のごとく

新たなる道町内を貫きて方位感なくとまどひ通る

亡き伯母の回忌に常に咲きをりし桐切られゐて広間明るし

機械にて仕事するわれたまさかに畳を截れば肉刺《まめ》つくる哀れ

遠く働く

ゆく道の何処の田にも水落つる音して人の遠く働く

沼に沿ひ行きてもどれば一枚の田は機械にて田植終れり

不自然に着色したるこの頃の畳を縫へば爪の汚るる

家族らしき人等と電車に乗り込みし少年ひとり隔り坐る

整備士の君の遺影は日常の青きつなぎを着て写しをり

畳庖丁

研ぎ終へし畳庖丁たちまちに錆の浮き出る六月となり

千住より地上にいでし地下鉄の明るき空気にしばし馴染まず

沼の辺の荒れたる畑のひと畝に闌けておぼろに葱の花咲く

沼に沿ふ径を来れば葦原に大葦切《おほよしきり》のほしいまま鳴く

池を渡る夕べ の風に花付けて茂れる太藺しなやかに揺る

あしたより暑き日となり蓮の葉にたまれる露のたちまち乾く

池わたる風に蓮の葉うねるなか蕾もつ茎したたかに立つ

## 下職

隣接のビル現場より下職を罵る声を耐へ難く聞く

コンピューター制御によれる製畳機しばらく止めん雷近づけば

松葉菊暑さに萎える境内をいくたびも過ぐ畳担ぎて

本堂の畳汗して敷きてをりこの寺庭に来る人のなく

野生化せるせきせいインコ公園の空占めて飛ぶ声騒がしく

道ゆけば排気坑より唐突に地下ゆく電車の音の聞こゆる

平成十二年

庚申堂

亡き父の名前記せる庚申堂再建されて我も寄進す

地下鉄の明るきなかに畳屋の荒れたる指を隠して坐る

新畳敷き終へ出でし春夕べ汗ばむ肌のたちまちに冷ゆ

梅園に群れゐる目白シャッターの音を畏れず人を畏れず

畳屋われの腕の太きを言ひながら無造作に医者は採血はじむ

遠花火

街屋根の上にひろごる多摩川の遠き花火は音ともなはず

高々と打上げられし遠花火ひくき曇に半円隠る

多摩川の遠き花火を眺めつつ明日の仕事を考へてをり

おもむろに夜空を移りゆく雲が明るき渋谷の方に屯す

この街を制するごとく鬼やんま妻籠の道をあまた飛び交ふ

台風に伴ふ雲の遮りて仲秋の月いたく小さし

秋雨に早く灯点す新宿の高層ビルのふくらみて見ゆ

酒の染み侘しく残る居酒屋の畳を西日受けつつ敷けり

海霧

満潮とともに海霧深まりてとどろく波の音を消したり

海霧の深まる夜の寒くして夏の暖房うべなひてをり

海霧に漁をとざされ静まれる港にうぐひすほしいまま鳴く

絶え間なく霧湧きいづる十和田湖に観光船の浮くごとくゆく

青葉なる橅の大樹にからみつつ蔓あぢさゐの芽吹かんとす

## 菩提樹

菩提樹の花の香れる寺庭に人慎ましく古物商ふ

ひさびさに来りし不動の滝の水六月にして勢ひのなし

今日もまた朝より曇る蛇崩の切通坂枇杷色づける

人を寄せはた蝶を寄せ池の辺に栴檀の花あはあは咲けり

夜の地震収まりてより遠近に鴉の声のしばらく聞こゆ

新草の表

新草の表《おもて》仕入れて圧すごとき香りのなかに一日仕事す

畳から身を剝ぐごとく昼寝より覚めてふたたび仕事にかかる

梨畑に古き畳を捨てに来て生りたる梨を頂き帰る

アルバイトに通へる娘この頃はわれに世馴れしもの言ひをする

不在なる娘が家に居るごとくテレビ録画されファックスの届く

平成十三年

枇杷の花

窓近く枇杷の花見えアパートの空きたる部屋の畳冷たし

一切の吹き払はれしごとき空昇る満月仰ぎて帰る

雨やみて朝より晴れし青き空飛蚊症のわが落ち着かず

海よりの風強くして人工の島に憩へば揺るる心地す

渡り鳥あらかた去りて静かなる池のめぐりに蕗の薹咲く

春の日に羽田の海の煌めきて光の中より飛行機の発つ

雀の雛

今年また雀の雛が電柱に育ちゐるらし頭上に騒ぐ

松材の荒き匂のなつかしく新築中の家の前過ぐ

山桑の黒く熟れたる実のあまた人に踏まれて道の汚るる

屋上の鉢に胡瓜の根付くらし支柱に蔓のからみ始めつ

昼の暑さ遠き昔と思ふまで鶫騒がしく宵風寒し

高きビル次々と成り闇拒むごとく渋谷の上空明し

## ベトナム

二時間の時差にかかはらずベトナムに常のごとくに目覚めて寂し

スコールの後のハノイに降り立てば忽ちにして眼鏡の曇る

褐色のサイゴン河と同色の砂積む船の列なしのぼる

合歓の木の影やはらかき下道に商ふみれば憩へるごとし

明けやらぬサイゴン河を往く船の汽笛の太き音に目覚めつ

道のべに金銭を乞ふ傷痍兵見るは切なしハノイの街に

秩序なく単車往き交ふホーチミンの街にしあれど罵声をきかず

聖夜

料亭の畳ひと日に替へるため仕事場にをり聖夜にひとり

仕上げたる畳を積みて電飾に明るき木々の下通りゆく

町中のかつての屋敷をいくつかに区切りて小さき家建ちてをり

会葬の人多ければ友の死を悼む心のいくばく安し

町内の古老のなかに加はりて年の夜の祝詞《のりと》しみじみ聞けり

参拝をすませし人が焚上げの炎に寄りてしばし温まる

焚上げの炎の高くのぼる時めぐる氏子の顔照り映ゆる

焚上げの炎鎮まる境内は人等の去りていよいよ寒し

平成十四年

寒の日

寒の日といへど二階に八畳間敷込みをればしたたる汗の

仕上げたる畳に刷子かくるとき日に乾きゆく泥の匂す

用なきに弁当を持ち仕事場に歌集一冊読みて帰りぬ

施設にて半日過す老人が納品さるるごとく着きたり

すこしづつ娘の語気の荒くしてパソコン操作教はりてをり

## 人工の島

人工の島をめぐれば年を経て太き蘇鉄は赤き実をもつ

風寒き夕べの芝に椋鳥ら静かに群れて餌あさりをり

ここに来て野鳥捕ふる大鷹は皇居の内に巣のありといふ

着陸の態勢に入る飛行機が大井埠頭のコンテナに消ゆ

## 官舎の畳

ひと棟の官舎の畳替ふる間に今年の桜終りてゐたり

古書店の主の逝きて本棚に秩序なきまま本並べらる

形見分けのごとくに蔵書の幾冊を与へて人の施設に入りぬ

めぐりには建設中のビル多く起重機乗せて階重ねゆく

組合

組合に関はりてよりこの夜頃規約定款読みゐて疲る

竹芝を出づる汽笛がながながと高きめぐりのビルに谺す

階段の多く不便なこの家は名立たる人の設計といふ

兄弟の集へば出づる亡き父の話はつまり酒にまつはる

ひとときの雷雨あがりし夕暮に騒がしきまで蟬鳴き出づる

隅田川を船にてゆけば餌を欲りて鷗のあまためぐりを飛べり

漆喰のいまだ乾かぬ部屋内に畳の寸取る汗垂りながら

## 旧盆

東京に住む人少なくなりたるか旧盆の日々富士の見えをり

雨降らぬ池に油膜の浮かびゐて蓮の広葉は埃のたまる

くり返し浄化されたる水注ぐ池にすがしく藺草花咲く

多摩川に沿ひたる道にこの日頃梨売る小屋のそこここに建つ

平成十五年

妻の死

新年を迎ふるべく妻自身飾りし家に死んでもどりぬ

夜半に聞く救急車の音耐へがたし妻はふたたび戻らざりしを

秋の日に蒔きて育てし豌豆《ゑんどう》の紫の花亡き妻知らず

冬空に富士望めると朝な朝なわれを起せし妻の声なし

今は亡き妻に代りて屋上の百の花鉢育ててゆかん

流し台狭しと茶碗洗ひつつ言ひゐし妻を今実感す

後日

何もかも妻に委ねし暮しにて何の在り処もわからぬ後日

妻にかはり水遣るのみに屋上の蘭の幾鉢つぼみを持てり

歴代の理事長の中の父の写真見てをり会議進まぬ時は

熟れすぎし果実の匂ふ休日の店を過りて畳を納む

石段を畳担ぎて登るとき乾ける草履は足袋になじまず

鉢物の花はおほかた終りゐて屋上に月たひらかに照る

夜回りと路地めぐるとき山茶花の散りたる花を幾度も踏む

残業を終へてラジオと製畳機の電源切れば音なきめぐり

ぐみの実

屋上に出づれば風の変りゐて隣の庭のぐみの実匂ふ

公園に楠の大樹の若葉して遠景のビルひとつ隠せり

梅雨晴の黄萓花咲く木道に手術後の兄の歩みをば待つ

木道のめぐりの土の赤くしてこの湿原は乾きてゆくか

つぎつぎに夕べ釣船もどり来て湖面に山の影の延びゆく

たはむれに木苺の実を口にして山下るバスしばらく待てり

上宮に登りて来れば騒がしき風音に似て熊蟬の鳴く

外陣の畳

詣でたる畳屋われら二百畳の外陣の畳見積る楽し

賽銭を上げておのづと紋縁《もんべり》の具合見てをり畳屋われは

遊園地の遺物となりて遠くより多摩丘陵に観覧車見ゆ

おほかたの花終りたる師の庭に青々として冬菜の育つ

学生の親が上京してゐるらし階上に布団を叩く音する

焚上げの炎の匂纏ひつつオリオン傾く町を帰り来

平成十六年

新たな光

妻逝きて去年のままなる部屋内に新たな光いちやうに差す

正月の三日泊りに来し義母が見たき番組を丸く記せり

受け皿に規則正しく滴れる雨漏りの音貧しく聞けり

冬の日にコンクリートの乾きゆく匂冷たし新築現場は

## 社宅の畳

さくら咲く時めぐり来て人移り社宅の畳忙しく縫へり

月々に届く雑誌も読まぬまま床に積み置き一年の過ぐ

草花に水遣りながら昨日今日プランターに生る苺をつまむ

雨のなく梅雨明けたれば屋上に桔梗の花の咲き終りたり

盂蘭盆の済みて常なる静けさに供へられたるメロンの匂ふ

## 夜風

いち日の終章として屋上に出でてしばらく夜風にひたる

多摩川を渡る路線の異なれる音を楽しみ河口に向ふ

暗き河に屋形船いつか集まりて灯の騒がしく打上げを待つ

色赤き学生服着て歌ひゐる舟木一夫も還暦となる

## 平成十七年

### 屋上

われの他に来る人の無き屋上に海棠の咲き海棠の散る

夕潮に川のぼりゆく花びらと流れくる花音なく閲ぐ

進展のなき会議終へ駅からの路々人に抜かれて帰る

二日ほど仕事休めば遠からぬ寺庭の木々あざやかに萌ゆ

道の辺に花あまた咲き師の歌を思ひ出しつつ蛇崩をゆく

## 娘

帰り遅き娘を待てば卓上の紅きひなげし花粉をこぼす

明滅する高きクレーンの間よりおどおどとして三日月のぼる

多摩川の寒の水より釣られたる尺余の鯉は卵を持てり

ひんがしに月昇るときあかあかと始発電車が高架をゆけり

港へとつづく坂道風のなく藪椿咲きアロエの咲けり

職人の証

たまさかの朝の電車に職人の証のごとく汗拭ひをり

畳縫ふ調べある音畳截る乾きたる音けふ機械良し

理事会と言へど畳屋の会議にて隣の人の爪汚れをり

遠く近く杜鵑鳴く畑中の小さき家に六畳納む

畳縫ふ機械止むとき電柱の高みに雀の雛の声する

平成十八年

踊場

ひといきに畳上ぐること適はずに踊場に来て息づく哀れ

みづからの明日の為の米を研ぎその研ぎ水は草木に与ふ

不忍の池に遊びしゆり鷗夕日を返すビル越えて消ゆ

とほどほに沈む冬日に長き影乾ける影を伴ひ帰る

春彼岸すぎて寒さの戻る日に畳縁《へり》折る爪のふたたび欠ける

丘畑

海からの風暖かき丘畑に大根育ち甘藍育つ

青天にさへづる雲雀さがせども飛蚊症の目に見出だせずをり

海を見て帰るをりをり春耕の済みて柔らかき土の匂へる

仕事場に吹き入る桜の花びらが夕べ藁塵のなかにて萎る

若き日に読み揃へたる全集が広場に安値に売られてゐたり

青荷温泉

竹竿にランプを吊りて宿の男施すごとく灯を配りゆく

何もなき部屋にランプの吊るされて所在なきまま夕飯を待つ

谷川のたぎつ響を夜更けて耳しひ者のごとく聞きをり

谷川の滾《たぎ》ちの音は高架路を行き交ふ車の騒音に似る

岩木山遠く望める平野には津軽をとめのまぶしく稔る

刈入れの残る稲田に親族《うから》らしき人集ひをり日曜の朝

加齢

加齢による兆候なるか畳縫ふ機械も時にぜいぜいと鳴る

仕事場に冬の日の差しわが影も畳と共に縫ひ込まれゆく

どのやうに繋がりゆくかビルの間に高速道路の橋脚の立つ

妻の正忌大晦日なればしみじみと偲ぶことなく神社に詰める

平成十九年

クロスワード

耳とほき義母三箇日泊りゐてクロスワードを埋めて帰れり

三方に余れる鱒の尾鰭より祭祀すすめば水滴りぬ

ひとしきり表《おもて》問屋が忙しなき広島弁に話してゆきぬ

生産者のラベルに夫婦ぼくとつに写りゐて畳表《おもて》親しみ使ふ

保証人となりて人手に渡りたるこの家の犬いづこにをらん

手捻りの器

洗ひゆく食器のなかに手捻りの亡き妻作りし器の混じる

古墳群の人立ち入らぬ木々のなか鳥もたらせし棕櫚の花咲く

旧盆の街静かなる夕空を帰化せるインコ群れて過ぎゆく

八月の議題少なき会議終へ不忍池めぐりて帰る

七年経て畳を替ふるこの家の犬衰へて纏はりもせず

しばらくは磨かれてゐる心地して青砥のごとき月光を浴ぶ

## 平成二十年

### 霜

日あたりの良き処より霜とけて畳を運ぶ足元ぬかる

屋上に妻育てゐし鉢植を五年経て幾つ枯らせてしまへり

垣根越しに冬薔薇の咲く古き家に病み臥す人も年を越したり

屋上に水怠りし花鉢の潤ひてゆく雨に目覚めつ

仕事場に来て仕事なき一日を拘留さるるごとく過しぬ

平成二十一年

義母

老い義母は園児のごとき一日を送迎バスにて出かけてゆきぬ

亡き妻と義母が約《つま》しく暮したる美容の店をためらひ毀つ

寒に入る雲ひとつ無き青空を椋鳥の群れ騒がしく過ぐ

暖房のききたる部屋に指乾き新聞を読む目の乾きゆく

静電気身に帯ぶるまで乾けるか車の扉触るる時怖《こは》し

遠き日の若き自分に逢ふごとくかつて作りし畳張替ふ

伊良湖岬

海からの光を受けて岬山に茂れる石蕗《つは》も海桐花《とべら》も眩し

大潮となりて遠くに海光る貝採る人の影の小さく

堤防を覆ひて茅花《ちばな》の光るなか過去の水禍の慰霊碑の見ゆ

三河湾につづく入江の見るかぎり干潟となりて泥の香著し

海広き伊良湖岬に二泊し朝日をろがみ入日拝む

漁終へて帰りくる船つぎつぎと吃水深く伊良湖岬過ぐ

伊良湖岬に日の出を待てば騒がしく原生林より鳥の声する

遷宮に関はりありや神殿の屋根葺く茅を鴉の毀つ

海近きビニールハウスに夜もなく明かり点して菊栽培す

なじみ無き眺めのひとつ海の辺に発電の為の風車の廻る

星の無き闇の底ひをゆくごとく遠き船の灯移ろひてゆく

四千の新車を積める運搬船その形態は方舟《はこぶね》に似る

## 神島

絶え間なく行き交ふ船の航跡に翻弄されて神島渡る

家々に庭の無ければ神島の道に干さるる布団も莢も

神島の二百十余の石段をやうやう登り師の歌碑に会ふ

神島に侘しく残る監的哨コンクリート朽ち草に覆はる

足弱くなりたる友を励まして光まぶしき灯台に来つ

磯浜に見る流木は白と化す潮に晒され日に晒されて

師の歌碑を訪ねし我と釣果多き人らと共に神島離る

一日を歩きし友が湯上りに塗るメントールの匂の親し

## 遷宮

亡き父も二十年前の遷宮に奉賛せしと記されてあり

苦瓜の延びたる蔓の末枯れて弱き日のなか蜆蝶飛ぶ

訪ふたびに惚けてゆける長兄が土産の寿司をこぼして食へり

新宿の空に広ごる夕焼を高層ビル群支へるごとし

若者は羨むほどに軽々と新《さら》なる畳車に積めり

平成二十二年

寒気

新年を迎へ宮司の打ち鳴らす太鼓の音に寒気の震ふ

暖かく冬の日の差し縫ひゆける備後表に陽炎のたつ

朝帰る若者達で山行きの始発電車の混み合ひてをり

乾きたる朴の落葉の積りゐて踏み応へなく山道をゆく

春の雪残る山路を下り来て汚れし靴を沢にて洗ふ

兄の死

記者たりし兄を砂川闘争のテレビニュースに幾度か見き

銭湯の帰りの路で労働歌教へてくれし兄の逝きたり

意識なく義母眠りゐる三階に金木犀の香りのぼり来

日盛りの道来し郵便配達が自販機の缶飲み干しゆけり

若者の好みて聴ける音楽を諾ひながら共に仕事す

現場監督

メートルにて問ふ監督に矩尺《かねじやく》に換算しつつ応へてをりぬ

釘打機の音止みしとき大工等の憩へる声のしばらく聞こゆ

われをさへ忘れ惚けし老い義母の医療費を今日は支払ひに来つ

服用する薬もノーベル化学賞に関はりありと知りて嬉しも

卓上に置かれて五日褐色のラ・フランス今宵香りを発す

## 平成二十三年

### 造成地

造成地に畳納めて帰りには靴も車も泥に汚るる

日の差さぬ新築現場に目を凝らし六畳一間の採寸しをり

仕事場のめぐりの硝子曇りきて夕べに雨は雪に変れり

ブロックの塀築きゆく職人の水平を出す鏝の音軽し

若き日に乗船したる青函の羊蹄丸の解体を聞く

冬日

霧吹きし畳に映るわが影もたちまちにして冬日に乾く

マラソンの折返し地点通るとき素朴な遺書の円谷思ふ

桜咲く賑はひのなか耐へがたく並木の道をそれて帰りぬ

畑中に見える農家のことごとく桐の木高く花咲きてをり

ハッブルが捕へし百億光年の星を見てをり明日仕事なく

## 娘

フリーターと呼ばれる娘ひとつ家に生活時間を異にして住む

連休の明けて萎えたるみづからの躰重たく畳を担ぐ

梅雨の夜の東京タワーの電飾にめぐりの雲の彩られゆく

分譲地売れなきままに夏過ぎて区画なきまで荒草茂る

実りたる柿を捥がむと竹竿をかざせば冬の青空眩し

継ぐ者

継ぐ者のあれば新たな機能もつ畳の機械に買ひ換へむとす

棟上げの済める向ひの現場より夕べの風は木の香運び来

乗り降りの無き原宿のホームには異郷のごとく団栗つもる

畳屋の休み適はぬ歳晩を腰の痛みに耐へて仕事す

ねんごろに厨みがけば彼岸より喜ぶ妻の声するごとし

平成二十四年

十年早し

わが歌の載らざる歌誌を積み重ね妻亡き後の十年早し

ひと月を部屋に籠れば季うつり裏の垣根のジャスミン香る

海近き兄の墓に来て今年また小綬鶏が鳴きうぐひすが鳴く

この家の人も衰へ構はずか荒れたる庭に梅の実まろぶ

亡き妻の母の米寿を祝ふべく花束を持ち病院に来つ

米寿にて子が贈りたる花よりも痴呆の義母は菓子をねだれり

射手座

おのが身を戒むるため今日の日の射手座の運勢見て仕事に出づ

たつぷりと雨含みたる枯芝を踏みて人なき寺参拝す

腰痛に悩まされゐて豌豆の種蒔く時を逸してしまへり

婦人服を商ふ友が三十分かけて一着売る様を見つ

畳を縫ひ畳担ぎて五十年わが肉叢《ししむら》の衰へゆくか

五月の寒く

山小屋の窓より差せる月光に晒されて寝る五月の寒く

互みにて体いたはる歳となり二次会もなく友と別れ来

薬待つ患者の多く着飾りて病院のロビーデパートに似る

やうやくに咲きたる寺の白梅に目白せはしく蜜吸ひてをり

## ゆりの樹

ゆりの樹の高きを通ふ風ありて影より広く花散らしをり

鰺群るる水槽に春の光及び浮遊するごとわれは見てゆく

ねむの花咲ける木下に憩ふとき影はやさしくわれをめぐりぬ

昼すぎて蓮田を風の通りゆく葉裏を白く騒立てながら

公園の藁葺き屋根に雑草の勢ふまでに梅雨のふかまる

ラッパの音

自衛隊の病院にして朝な夕な時を報ずるラッパの音す

丈高く花咲く蓮田めぐりゆけば腕も服も朝露に濡る

料亭の畳替へんと旧盆の人の少なき赤坂に来し

若き日に受けし技能士の会場に今日は受験の審査にあたる

蛇崩の遊歩道ゆけばおのおの家より夕餉の香り流れ来

伊勢

神島の灯台の灯が暮れなづむ海をへだてて部屋にとどきぬ

先生の歌碑ある小さき神島を間近に見つつ伊勢に渡りぬ

子のために伊勢神宮に安産の御札求めぬ片親なれば

法師蟬しげく啼きゐる岬山をめぐれば薊丈低く咲く

埋立てて公園となりしこの土地に幹太くしてデイゴ花咲く

豌豆

豌豆の種を蒔きつつこの花の咲く頃生るる命をぞ待つ

台風の過ぎて風ある雲の間を満月早く移るごと見ゆ

十月に入りて仕事の少なきをこぼすごとくに亡き父に告ぐ

ふたたびは見ること適はぬ金環蝕と腰の痛みに耐へて起き出づ

屋上を明るく差せる月光に豌豆の蔓のびてゐるべし

くれなゐの檀《まゆみ》の光る大沼に寒き時雨のくり返し降る

たちまちに時雨のやみて紅葉の山の真際に小さき虹立つ

## みすずかる

みすずかる信濃の杜もアメリカの白灯蛾《しろひとり》にし犯されゐたり

湖からの光まぶしき山房に干さるる柿や甘くなるらん

赤彦の歌碑のめぐりは落葉ふかく桑の葉を踏み朴の葉を踏む

み社の高き欅に宿木のあらはに見えて冬を迎ふる

平成二十五年

祝辞

親族の結婚式に招かれて祝辞を述ぶる齢となれり

餌のなき冬の野鳥の智恵にして鉢のパンジーの花芽ついばむ

赤坂の栄えしホテル解体され通れるたびに階低くなる

鍛冶屋なりし叔父の棺に職人の証のごとく半纏納む

屋上に豌豆の花咲き初めて命の生るる日の近づきぬ

陽炎

硝子越しに差す冬の日の温かく読み継ぐ本に陽炎ゆらぐ

向ひ家に干し物未だ残れるを気にかかりつつカーテンひけり

日曜の人の気の無き仕事場の空気冷たし機械冷たし

わが顔を見ることもなく症状をパソコンに打つこの若き医者

口悪しく痴呆の患者への物言ひを義母を見舞へる隣室に聞く

命

出産を終へし娘に抱かるる二千四百四十瓦の命

保育室にまだ名前なき嬰児を硝子へだてて今日も見に来つ

忙しくただ働きし記憶のみ子の幼児期を今に思へば

娘子のわれに対する物言ひが子を生みてより優しくなれり

幼児の顔見るのみに風寒き切通坂ゆふべ下りぬ

下糸

下糸の送り具合の修正がままならぬまま一日終りぬ

病得て三代続きし畳屋を廃業すると友の言ひ来し

行楽の帰りの人にて込み合へる電車にひとり通夜にし向ふ

暮れなづむ春の日にして友達を偲ぶ間のなく通夜はじまりぬ

体型もまた髪型も亡き友に似る長男が喪主を務むる

鯉幟

屋上の鯉幟をば高架ゆく東横線の客も見るべし

機械にも治癒力ありや三箇月手動操作せし押板動く

寄り添ひて暖をとりたる大火鉢今は用なく目高の泳ぐ

蛇崩の桜古びてゆく道を押し上ぐるまで根の太りたり

くれがたのホテルの庭に装ひし人集まりて蛍をぞ待つ

雷鳴

雷鳴の近づきくれば口惜しく製畳機器の電源を切る

賜りし歌集いく冊本棚にありておほよそ故人となれり

暑き日の夕べ風出て高架ゆく東横線の間近に聞こゆ

小鳥らの運びしものか遊歩道に無花果の実のそここここに成る

寸法に自信のなくて変型の部屋の畳を怖づ怖づと敷く

投票所

投票所の管理者として一日を人見てをれば眼《まなこ》の痛し

投票所の開始を待ちて入り来るはラジオ体操終へし人々

息あらく畳を縫へる受験者の傍にきて審査すわれは

わが腕に安らぎ眠る幼児よ命じんじん伝はりて来ん

みづからの命を絶ちし歌手のうた挽歌となりてラジオに流る

秋茄子

台風のあらぶる風に屋上の秋茄子の花ことごとく散る

十年を経ちたる今も妻のごと洗濯物を上手くたためず

人好くて人手に渡りし友の家あとかたも無く更地となりぬ

年々に手の脂気のなくなりて畳の藁の刺さりやすしも

庖丁を研げば畳は心地よき音ともなひて切り口美《うるは》し

湖東三山

竹生島の光と風に育まれ四百年の黐《もち》は苔むす

竹生島にゐたる二時間小止みなく頭上に鳶の鳴く声きこゆ

竹生島の古き社の葺替へをしてをり檜の香りもしるく

永源寺の限りなく散る紅葉を楽しむごとく老女の掃ける

参道の高きに風の渡るとき驟雨のごとく木の実ふりくる

風あれば外陣の冷えし畳まで夥しくも紅葉吹き込む

あしたより木々をいたぶる風吹きて参道に杉枝いくたびも踏む

本堂に上りてゆける人々の脱ぎたる靴の整然とあり

開け放つ寺の廊下に風のむた吹かれて楓の種子のたまれり

たちまちに時雨の晴れし寺庭にもみぢ明るし人の明るし

朝からの激しき風に法堂《はつたう》のめぐりの溝は紅葉に埋まる

幸ひを被るごとく参拝す七五三《しめ》の祝の家族につづき

月光

月光の未だ明るき空のもと始発電車が高架をゆけり

種蒔くも花見ず逝きし妻のため豌豆蒔きて十年となる

校庭に放水すれば水の香に誘はれしごと秋津むれ来る

台風のなごりの雲の早くして低き家並に夕暮ながし

カーナビの画面に表示されてゆくガソリンスタンド幾つか廃る

板場

開店を前に畳を敷きをれば板場に若きを叱る声する

雨風の強くなりたる夜半にして衛星放送の画像の乱る

春を待つことわりのごと今年また豌豆の種屋上に蒔く

夜警しつつ巡りてゆける町内の家並あたらし世代替りて

満月の白き光を浴びながらこれから先の事を思へり

## 平成二十六年

### 西窓

西窓より秩父嶺見ゆる病室に義母は四年目の冬を迎ふる

子の家に寄りて幼子寝てをれば他に用なく早々帰る

温かくなりし日を背に人なかに大道芸を楽しみてをり

店先に積もれる雪の反映に落ち着きがたく畳作れり

最終のバス見届けし男らがたちまちにして道剝しゆく

## 名簿

五年ぶりに改訂されし畳屋の名簿はさらに薄くなりたり

体力を試すごとくに自転車にて切通し坂喘ぎて登る

今年また豌豆の花咲き初めて一歳となる幼子這へり

蛇崩の桜の古木幾本がこの大雪に耐へ得ず倒る

多摩川に沿ひし道にて梨棚に花は平たく寂しく咲けり

空気清浄器

ねんごろに部屋を掃除しはやばやと空気清浄器付けて孫待つ

春寒く雨ふる朝は遠く見る高層ビルも靄にかくるる

月光の明るく差せる屋上にゑんどう豆の莢も太りぬ

目黒川の花見の人の騒めきは子の住む十一階のここまで聞こゆ

風寒き春の夕べにおぼおぼと昇る満月に向きて帰れり

田植

学童が田植をしたる水田の苗不揃ひに風になびけり

桐の花咲く時となりことさらに自由通りを抜けて帰りぬ

幼子のための鯉幟矢車が夜風を受けて朗らに鳴れり

みんなみの風寒く吹く屋上に色鮮やけき入日をおくる

道ゆけば採る人のなき梅の実のあまた黄となり熟れて香ぐはし

西表島

離島へと向ふ船にて速やかに生活物資まづ積まれゆく

牛車にて島渡るとき満ち潮に牛は腹まで浸して進む

夜に咲く花を見るべく闇のなか香れる先へ虫のごと行く

夜の闇押し開くごと灯をかざし森に入りゆくさがり花見むと

夜に咲くさがり花ゆゑマングローブの林に多く蛾の集まれり

石垣島に祭あるらし海遠くへだてて小さき花火の上る

十六夜の月照る夜更け西表にふくろふの声遠く呼応す

行きに見し広き干潟に潮の満ちマングローブの森に及べり

由布島に体休める水牛は眼つむりて水に浸れり

## 胡瓜の花

胡瓜の花咲く時となり当然とこの屋上にも蜂の飛び交ふ

ふる雨に勢ひ茂る蓮田より夕べおもおも牛蛙鳴く

半月経て畳納める新築のめぐり明るし田植の済みて

東京の夕べ空澄み人の声少なきままに盆の終りぬ

義母の死

ひとり居の義母みまかりて忙しなく遺影とすべき写真をさがす

大腿の辛き手術を思はしめ義母の遺骨にボルトの混ざる

彼岸花咲き終りたる墓原に縁者少なく義母埋葬す

義母の遺骨納めんと掘る墓原は貝がら多し海近くして

若くして逝きたる妻の母なれば九十歳まで見守りて来し

## 絵本

くり返し絵本を読めとねだる孫娘の幼き頃と同じぞ

蓮の葉に池ことごとく覆はれて水鳥の影見ることもなし

仕事場にコンプレッサーの作動して子との対話のしばし途絶える

午後五時の鐘鳴る夕べ家々に明かり点りぬ秋ふかまりて

## 山辺の道

冬の日の暖かくして山辺の道に石蕗丈高く咲く

山辺の道ゆくときにいくつかの陵墓に沿ひて道は廻れり

みささぎの冬静かにて鳥鳴かず濠には魚のはねる音なし

先達に導かれ来し一団の読経は広き御堂にひびく

室生寺の結界に入る心地して欄干赤き橋渡りゆく

室生寺の苔なす庭は慈悲にして杉も万両も実生に育つ

京都に来て冬近ければ南座にまねき上げの足場組まるる

ゆくりなく弘法市の賑はひを楽しみながら東寺に至る

講堂に冬の日細くとどきゐて大日如来の頰の明るし

冬晴れの光あつめて寺庭にピラカンサの眩しく実る

十三回忌

わが妻の十三回忌の法要に歩み初めたる孫の加はる

売上げに関はりありや店先の石蕗の花この冬咲かず

遠き屋根の上に見えたる起重機が日暮とともに失せてしまへり

旧道の庚申塚の花と水絶やすことなく老女守れる

夜廻りとわが打ち鳴らす拍子木の音は寒空の町にひびかふ

古稀となるわが体力は藁床の重き畳を持て余しをり

# あとがき

歌集『屋上』は私の第二歌集であり、四十九歳から六十九歳の作品を収めている。第一歌集『備後表』から二十年の歳月が経っている。色々な事があった。平成十四年十二月三十日、新年を迎えるべく準備中の妻が胸部大動脈破綻により突然倒れ、手術の甲斐もなく翌、大晦日に亡くなった。大学を出て何も出来ない娘と、家の中の事は何も知らない二人の生活が始まった。その年の春にはハウスメーカーの仕事を始め、町会の役員、東京都畳組合の役員に就任したりと、私の転換期でもあった。妻の死後十年間、歌誌「歩道」への出詠は休んだ。でも毎月、歩道横浜歌会には出席し、細々と短歌との繋がりを保っていた。良い事もあった。一人娘だったので、私の代で家業の畳屋を終える予定だったが娘の婿が跡を継いでくれている。

題名の「屋上」は花が好きだった妻が屋上に花を育てていたこと、屋上からは渋谷、恵比寿、品川のビル群、多摩川の花火、夕景の富士を望むことができ、集中、屋上からの嘱目による作品が多く、題名とした。

歌集上梓にあたり、歩道横浜歌会で御指導頂いている青田伸夫氏に原稿に目を通していただいた。また現代短歌社の道具武志様、今泉洋子様には細かい処まで御配慮をいただいた。御礼申し上げる。

平成二十七年十一月吉日　古稀を前にして

田丸英敏

## 著者略歴

田丸英敏

昭和20年　東京　目黒に生まれる
　　　　　家業の畳店を継ぐ
昭和55年　歩道入会、佐藤志満に師事
平成４年　短歌現代「歌人賞」受賞
平成７年　歌集『備後表』出版
現代歌人協会会員

歌集 屋上　　　歩道叢書

平成27年12月17日　発行

著　者　田　丸　英　敏
〒153-0053 東京都目黒区五本木1-42-6
発行人　道　具　武　志
印　刷　㈱キャップス
発行所　**現代短歌社**

〒113-0033 東京都文京区本郷1-35-26
振替口座　00160-5-290969
電　　話　03（5804）7100

定価2500円（本体2315円＋税）
ISBN978-4-86534-135-5 C0092 ¥2315E